LA

RÉVOLUTION

DE 1830.

POËME.

Par Edmond Arnould.

PARIS,

Chez DÉNAIN, LIBRAIRE,

RUE VIVIENNE, N° 16.

1830.

LA
RÉVOLUTION
DE 1830.

POËME.

par Edmond Arnould.

PARIS,
CHEZ DÉNAIN, LIBRAIRE,
RUE VIVIENNE, N° 16.

1830.

A Monsieur
le Général Drouot.

HOMMAGE

D'UNE

RESPECTUEUSE ADMIRATION.

Spectateur d'un drame sublime et inouï, j'ai tenté de rendre les émotions que j'éprouvais ; mais de fréquentes interruptions m'ont empêché de remplir le plan que je m'étais tracé. Ainsi ce ne sont que des ébauches que je donne au public, espérant qu'il appréciera mes sentimens plutôt qu'il ne jugera mes vers.

LA
RÉVOLUTION
DE 1830.

Oui, tu te briseras, colosse aux pieds d'argile !
Au sein d'un peuple esclave on ne dort point tranquille,
Le trône d'un tyran est entouré d'éclairs,
Il s'éveille en sursaut au bruit lointain des fers,
Mais rompus, mais brisés par un peuple en furie,
Las enfin de l'opprobre et de la tyrannie,
Qui le presse et vers lui pousse un flot menaçant ;
Ses pensers sont amers, ses rêves sont de sang ;
Tout gronde autour de lui, partout est la tempête ;
Et quand la mort est là, quand la vengeance est prête,
Terrible, menaçante, alors la liberté
Lui jette sur les yeux un voile ensanglanté.

Oui, tu te briseras, colosse aux pieds d'argile !
Ainsi l'avait prédit un peuple encor tranquille,
Et lui.... pour s'affermir sur ce peuple écrasé,
Il a levé le pied.... et son pied s'est brisé !

Il est donc accompli ce rêve affreux du crime !
Jeté par tes amis au penchant de l'abîme,
Entre deux maux cruels il te fallait choisir,
Il fallait opprimer notre France ou mourir !
Eh bien ! la France est libre, et toi seul es tombé !
Ce front que tu foulais, il ne s'est pas courbé,
Et te voilà proscrit, seul et sans diadême !
Sans pouvoir à l'exil porter un cœur qui t'aime,
Iras-tu loin de nous, profanateur des lois,
Mendier les secours et les armes des rois ?
N'attends rien de ces rois que l'Europe méprise * ;
Le peuple les maudit et bientôt il les brise :
N'attends rien de ces rois ! vils jouets des destins,
Qu'ils pressent bien le sceptre.... il tremble dans leurs mains.

* Ce vers ne doit pas être entendu sans restriction ; tous les rois de l'Europe ne sont pas des *Dons Miguels.*

Tu savais cependant comment tombent les trônes,
Tu savais quelles mains arrachent les couronnes,
Par quel bras est frappé le front des potentats ;
Tu le savais, aveugle ! et tu ne tremblais pas !
Non ce n'était pas tout de ravir le tonnerre
A la serre de l'aigle abattu sur la terre ;
Pour nous faire oublier celui qui n'était plus,
Il fallait de l'honneur, il fallait des vertus.
Si jamais par les fers nous payâmes la gloire,
Lui du moins nous liait au char de la victoire ;
Nous regardions son astre, et nous séchions nos pleurs
Du moins son front brillait des plus nobles couleurs,
Son œil lançait l'éclair et ses ongles la foudre,
Et les rois à ses pieds se courbaient dans la poudre.
Glorieux souvenir ! toi, fantôme impuissant,
Ton char derrière toi n'a laissé que du sang !

Enfin la liberté ne sera plus un rêve !
Mystère d'un autre âge, en ce siècle il s'achève ;
Tout à coup un grand peuple a fait tonner sa voix,
Et l'on a vu crouler le fantôme des rois.
Un vent mystérieux a soufflé sur le monde :
Il balaie en passant, et cette fange immonde

Qui souille encor le front des peuples avilis,

Et ces astres des cours dont les feux sont pâlis,

Ces ministres de sang, cette vile poussière

Que disperse aujourd'hui la fureur populaire :

Tiares, saints bandeaux, ministres, potentats,

Vampires altérés ou fléaux des États,

Il broie, il brise tout; il renverse, il entraîne

Ces misérables dieux de la folie humaine ;

Il arrache le masque, il découvre à nos yeux

Ces fantômes vieillis dont nous faisions des dieux;

Chacun les reconnaît, il les voit, il les nomme,

Sous des voiles divins rien ne vit plus que l'homme ;

Tout s'écroule, le temple et la divinité,

Et sur tous ces débris surgit la liberté !

Siècles et nations, le temps les renouvelle ;

Dans son vol, il laissa s'échapper de son aile,

Parmi des flots de sang, tout un siècle nouveau :

La liberté brillait sur ce siècle au berceau ;

A ses brûlans rayons il s'échauffe et s'éclaire,

Et verse en grandissant ses bienfaits sur la terre.

La Grèce sommeillait, et le souffle puissant
De ses fils tout à coup a réchauffé le sang ;
Il réveille à son tour la France rajeunie ;
Il a passé partout comme un souffle de vie.
Vous seuls, le cœur rempli de ces rêves sanglans
Dont Dieu, dans sa colère, enivre les tyrans,
Comme un lierre rampant qui s'attache aux ruines,
Aux temps qui ne sont plus vous aviez pris racines,
Et vous ne voyiez pas que ce siècle passé
N'était entre vos bras qu'un cadavre glacé.
Hommes d'un autre siècle et d'une autre patrie,
Débiles rejetons d'une race flétrie,
Dans la nuit du passé vous recherchiez en vain
Ces temps de servitude et d'un pouvoir sans frein ;
Ces temps où les sujets, sans relâche et sans trêve,
Comme de vils troupeaux, tremblaient devant le glaive,
Où des peuples entiers, en un jour égorgés,
Maudissaient leurs bourreaux, et n'étaient pas vengés !
Ces châteaux orgueilleux qui, du haut des collines,
Cruels vautours, planaient sur les plaines voisines,
Dîmes, cachots, seigneurs, glèbe, crédulité,
Les lois même, le temps avait tout emporté ;
Et lorsque tout ainsi roulait dans la poussière,
Lorsque ducs et barons n'avaient plus de bannière,

✱

De tous ces souvenirs, seul, l'étendard des lis,
Transmis de rois en rois, des Charles aux Louis,
Survivait au naufrage, et ce vieux météore
Au front d'un peuple heureux pouvait reluire encore....
Une goutte de sang l'a terni pour jamais!
Déchiré par la foudre, abattu par ses traits,
Il n'est plus qu'un débris dont l'orage se joue,
Et les vents, par lambeaux, le traînent dans la boue.

Frappons! montrons-nous forts aux yeux de l'univers!
Sur ce peuple endormi faisons peser les fers,
Que le sang des Français soit le vin de nos fêtes!
Ils le disaient.... ce sang est tombé sur leurs têtes.
Quoi! ne voyiez-vous pas, aux heures de la nuit
Où le crime est sans force, où la terreur le suit,
Se dresser devant vous de menaçantes ombres,
Et d'un lit sans sommeil, sur les murs noirs et sombres,
La main mystérieuse, interprète du sort,
Tracer d'un doigt sanglant les lettres de la mort?
Ce fantôme sorti du plus profond abîme,
Ce fantôme vengeur qui suit les pas du crime,

Ne le sentiez-vous pas, dans un sommeil d'airain,
Sur votre cœur glacé poser sa froide main?
Ministres de malheur, lâches appuis du trône,
Venez! que le bourreau vous ceigne la couronne.
Non, fuyez, sur le sol ou sur les flots des mers,
Fuyez, mille chemins devant vous sont ouverts!
Mais quels que soient les lieux où l'exil vous appelle,
Votre front est empreint d'une honte éternelle,
Et votre conscience, implacable bourreau,
Vous ouvrira sans cesse un horrible tombeau.
Sachez quel sort attend le crime sur la terre!
Il revêt du remords la robe meurtrière;
Sous le tissu brûlant il se débat en vain;
Il arrache à la fois, d'une sanglante main,
Au milieu des douleurs d'une rage infernale,
Les lambeaux de sa chair et la robe fatale.
Ainsi des jours passés les affreux souvenirs
Déchireront vos seins de lugubres soupirs;
Quelque part que la mort jette votre poussière,
La ronce du cercueil envahira la pierre,
Et seul, dressant sa tête au sein de vos tombeaux,
Le serpent, en sifflant, roulera ses anneaux.

Et vous , vous qui portez le nom sacré de prêtres ,
Disciples orgueilleux du plus humble des maîtres ,
Qui bénissiez le peuple , et de la même voix,
Avez prêché le meurtre et la vengeance aux rois ,
Ministres de la paix , trompettes de la guerre ,
Goûtez de vos conseils la bonté salutaire !
Pliez vos fronts pâlis sous une mitre d'or ,
Soyez riches , brillans , vous le pouvez encor ;
Mais le peuple a brisé votre antique férule ;
Mais vous ne perdrez plus un monarque crédule ;
Et tandis qu'au hameau ce prêtre respecté ,
Blanchi par la vieillesse et par la pauvreté ,
Semble aux infortunés l'ange de la chaumière ,
Quand la foule s'assied au seuil du presbytère ,
Plaintive , et mendiant des paroles de paix ,
L'herbe déjà s'élève au seuil de vos palais.
Devant les mots sacrés de liberté , patrie ,
Vos noms, jadis si forts , ont perdu leur magie ;
Ce vieux trône de Rome , où la mort vient s'asseoir ,
A cessé d'exercer un merveilleux pouvoir ,
Et les foudres , muets dans la main de l'idole ,
Sont aussi vains que ceux du dieu du Capitole.
Et toi , des missions , toi , l'éternel flambeau ,
Ne répondras-tu pas aux cris de ton troupeau ?

Déserteur du bercail où tu t'es fait maudire ,
Réponds , fougueux apôtre , as-tu peur du martyre ?
Tison de la discorde , auteur d'un mandement ,
Ne viendras-tu pas voir, en cet embrâsement ,
Quel effet ont produit ces flèches enflammées
Que demandait ta bouche au Seigneur des armées ?
Eh bien ! ces traits vengeurs sont sortis du carquois ;
Mais ils ont , en sortant , brûlé la main des rois.
Ah ! tu fais bien de fuir ! au fond de la Belgique ,
Va , cache en sûreté ton front apostolique ;
Pour toi , pour tes pareils , traîtres , lâches amis ,
Il n'est qu'un sentiment dans nos cœurs , le mépris !

D'un trône qui périt , d'un peuple qui s'éveille ,
Nous pourrons à nos fils raconter la merveille ,
Nous qu'un rêve de gloire enchantait au berceau ,
Et que des trois couleurs ombragea le drapeau.
Il dort , il dort celui qui fit taire le monde !
De sa couche isolée au vaste sein de l'onde
Le souffle des combats ne doit plus l'arracher ,
Et l'espérance est morte au pied de son rocher ;

Mais ses jours les plus grands, mais ses jours de victoire,
Quand tout retentissait des hymnes de la gloire,
Brillaient-ils d'un éclat aussi pur, aussi doux,
Que ces jours qui naguère ont resplendi sur nous?
O Nancy! que mes yeux voyaient avec délices
Entourer de ses flots tes pompeux édifices
Un peuple ivre d'espoir et de félicité,
Tranquille, mais levant la tête avec fierté!
La brise balançait l'écharpe glorieuse,
Et la reine des nuits, grande et majestueuse,
Semblait, pour contempler tant de mortels heureux,
En triomphe s'asseoir sur le trône des cieux.
Qui de nous ne sentait, à cette heure magique,
Retentir dans son âme une voix héroïque?
Qui de nous, s'il fallait un généreux effort,
Ne jurerait soudain la vengeance ou la mort?
Des combats meurtriers maintenant vienne l'heure,
Il faut que tout Français soit vainqueur ou qu'il meure!
Ainsi tous, attendant le signal des combats,
Nous exaltions nos cœurs, nous préparions nos bras,
Et mille accens confus, ineffable harmonie,
Murmuraient dans les airs un hymne à la patrie;
Nos âmes s'embrâsaient d'un feu de volupté,
Et nos bouches n'avaient qu'un cri : la liberté!

La liberté! ce bien, citoyens de Paris,
Au prix de votre sang vous nous l'avez conquis!
Gloire à vous! gloire à vous! vous nos amis, nos frères,
Qui ravissez le sceptre à des mains sanguinaires!
Affaiblis par le luxe, ou durcis aux travaux,
Vous étiez tous soldats, vous étiez des héros!
Tous nos cœurs sont à vous, soldats de Lafayette,
Et d'admiration notre bouche est muette.
Dans l'espoir du succès déjà cruel et fier,
Sur nous le despotisme étend sa main de fer;
Mais vous vous redressez sous le pied qui vous foule,
Vous soufflez sur le trône, et le trône s'écroule.
Hommes sans nom, sans titre, immortels plébéiens,
Bien dignes en ce jour du nom de citoyens,
Et vous qui les guidiez, intrépides élèves,
La patrie à la gloire a consacré vos glaives!
Vous, généreux martyrs, victimes des combats,
Qui donnez la victoire et n'en jouissez pas,
Vous que la mort invite à ses fêtes brillantes,
Dormez d'un doux sommeil dans vos couches sanglantes!

Dormez, dormez en paix ! près de votre cercueil
La liberté suspend les longs voiles du deuil ;
Son immortelle main vous tresse une couronne,
Un diadême pur.... comme le ciel les donne !
Le temps même jamais n'effacera vos noms,
Écrits avec du sang sur le fer des canons !
Famille des vainqueurs, sœurs, épouses, amantes,
Pressez avec amour de vos lèvres brûlantes
Ces lèvres dont les cris terribles, effrayans,
Ont pénétré d'horreur l'âme de nos tyrans ;
Pressez ces fronts chargés de palmes triomphales,
Pressez ces seins meurtris qu'ont sillonné les balles ;
Dans chacun aujourd'hui tour à tour brûle et bat
Le cœur d'un citoyen ou celui d'un soldat.
Mères qui contemplez, dans un touchant délire,
Les charmes d'un enfant et son tendre sourire,
Répétez, en chantant, au berceau de vos fils,
La gloire des Français, la gloire de Paris ;
Et qu'un jour, quand viendront les hordes meurtrières,
Ils défendent les droits qu'ont acheté leurs pères !
Roulemens du tambour, beffroi, sombre tocsin,
Gémissemens du fer sur les casques d'airain,
Pas bruyans des coursiers, éclats brûlans des bombes,
Plaintes, tristes soupirs des amis sur les tombes,

Cris des braves troublant le cœur de l'étranger,

Appel des citoyens à l'heure du danger,

Lugubre chant des morts, hymne de la victoire,

Murs croulans où le fer a gravé notre gloire,

Parlez, montez aux cieux, ne formez qu'une voix !

Soyez l'espoir du peuple et la leçon des rois !

Et tu dors aujourd'hui dans la tombe, ô mon père !
Et tant de jours heureux ont lui sur ta poussière !
Tu dors, brave guerrier, et tu ne verras plus
Briller le vieux drapeau d'Arcole et de Fleurus.
Si tu pouvais revoir la bannière chérie
Qui guida ta jeunesse aux champs de l'Italie,
O ! comme avec orgueil l'étoile de l'honneur
Une dernière fois brillerait sur ton cœur !
Quoi ! ne pouvais-tu pas te lever de la tombe ?
Qu'importe, après ce jour, que ta tête y retombe ?
Ah ! sans doute, ton cœur aura dû tressaillir !
A présent, ô mon père ! oui, tu pourrais mourir !
Mais déjà le cercueil a dévoré ta cendre ;
Il pèse sur ton front, tu ne peux plus m'entendre !
Mais moi, si quelque jour s'ouvre le Panthéon,
J'irai m'asseoir au seuil et murmurer ton nom !

ODE.

AU

DRAPEAU TRICOLORE.

———◆———

Étendard de l'honneur, salut, drapeau des braves!
Tu nous luis en ce jour avec la liberté!
Étendard de l'honneur, sur le front des esclaves
    Tu n'as jamais flotté.

Tu reviens donc enfin briller sur ma patrie,
De vaillance et de gloire immortel souvenir,
Astre aux brûlans rayons, toi que la tyrannie
    Ne pourra plus ternir!

Comme mon cœur battait d'une noble espérance,
Quand j'ai vu resplendir sous un ciel enchanté
Tes brillantes couleurs, couronne de la France
    Et de la liberté!

Oui, le ciel te sourit! oui, guirlande sacrée,
C'est lui qui t'embellit de son divin azur,
C'est lui qui colora ta blancheur azurée
    Des flots d'un sang impur.

Quand l'esclave eut vaincu sur les champs de la guerre,
Libre alors, il leva son regard vers les cieux ;
Puis au sang des tyrans qui rougissait la terre
　　Il ramena ses yeux.

Et d'un brillant rayon de l'astre de la gloire,
Et du céleste azur d'où nous luit son flambeau,
Et d'un sang odieux, gage de la victoire,
　　Il peignit son drapeau.

Flotte au milieu des airs, flotte et brave la foudre !
La foudre désormais ne te brisera pas ;
Flotte sur des débris, sur des trônes en poudre,
　　Sur le champ des combats !

Livre aux zéphyrs du soir, livre aux vents de l'aurore
Les replis ondoyans de tes nobles couleurs ;
Souvenir de la gloire, au brave qui t'adore
　　Tu fais verser des pleurs !

Elles brillaient ainsi sur le drapeau d'Arcole,
Près des ondes du Nil et sur les bords du Rhin ;
Ainsi tu couronnais d'une vive auréole
　　Le faîte du Kremlin.

Sous les glaces du Nord, sous les pas des Barbares,
Pour un temps seulement ton éclat a pâli ;

Aujourd'hui dans nos murs tu reluis et répares
Quinze ans d'un long oubli !

Étendard de l'honneur , salut , drapeau des braves !
Luis long-temps sur la France avec la liberté !
Étendard de l'honneur , sur le front des esclaves
Tu n'as jamais flotté.

www.ingramcontent.com/pod-product-compliance
Lightning Source LLC
Chambersburg PA
CBHW061632180626
46818CB00005B/2349